저
멀리
보이는
너

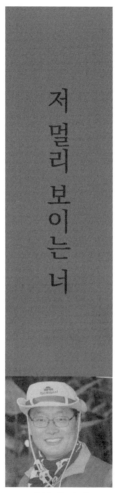

저 멀리 보이는 너

가금현 시집

작가
교실

저 멀리 보이는 너

초판 1쇄 인쇄 | 2021년 7월 17일
초판 1쇄 발행 | 2021년 7월 24일

지은이 | 가금현
펴낸이 | 김용길
펴낸곳 | 작가교실
출판등록 | 제 2018-000061호 (2018. 11. 17)

주소 | 서울시 동작구 양녕로 25라길 36, 103호
전화 | (02) 334-9107
팩스 | (02) 334-9108
이메일 | book365@hanmail.net
인쇄 | 하정문화사

ⓒ 가금현, 2021
ISBN 979-11-91838-00-8   03810

제3 시집을 출간하며

일요일 오후, 제12회 2충1효 전국백일장 공모전에 전국 각지에서 모여든 작품을 분류하다 보니 어느덧 해다갈 시간이 다 됐다.

창문에 하루의 일을 다 하고 마지막 힘을 보여주는 햇살이 강렬하다는 것을 느낀다.

그리고 어제저녁에 기분 좋게 한잔 걸친 채윤 형님께서 세 번째 시집에 대한 소감은 어떤지 물어오신 것이 생각났다.

시라고 하기에는 너무나 평범한 일상을 써 버린 내용이기에 딱히 어떤 소감을 말하기는 그렇다.

하지만 이번 세 번째 시집을 내기 위해 제목으로 어떤 것이 좋을까에 대해 가족과 지인들에게 재미 삼아 설문을 돌렸었다.

다섯 개의 제목 중 어떤 것이 가장 마음에 드느냐고 물었다.

오로지 마음 가는 대로 써 내려간 글로 투과 없이 내 마음을 들여다보일 것 같아 약간은 쑥스러움이 묻어난다고 해야 할까.

특히 지난 두 번째 시집에서 보여줬듯 너무 쉽게 내 마음을 노출시킨 것 같아 이번 세 번째는 마음에 은근한 압박감이 자리한 것은 사실이다.

설문으로 내세운 다섯 개의 제목은 〈옆구리가 시리대〉, 〈장미꽃을 꺾어 보았나요?〉, 〈버리다 보니 빈 가슴이네〉, 〈저 멀리 보이는 너〉, 〈바람이 창문을 두드리고〉였다.

이 중에서 〈장미꽃을 꺾어 보았나요?〉와 〈저 멀리 보이는 너〉가 가장 많은 선택을 받아, 최종 〈저 멀리 보이는 너〉로 결정했다.

우리는 살아가면서 희망을 부여잡고자 한다.

희망 없는 삶은 무의미하기 때문이리라.

저 멀리 보이는 너는 바로 우리가 살아가야 하는 희망이다. 어디에 있든 저 멀리 보이는 네가 있어 외롭지 않고 살아갈 희망을 얻는다.

나라는 존재도 누군가에게 저 멀리 보이는 너였으면 하는 마음을 가져보기도 한다.

나로 인해 다른 누군가가 희망을 본다면 이 또한 이 세상을 사는 보람이 아닐까 싶다.

많은 사람에게 희망을 주는 삶을 살고 싶고, 그런 삶을 살고자 노력하는 사람이 되고자 마음을 다진다.

제3 시집을 내면서 부끄럽지 않게 손을 잡아

준 김용길 도서출판 작가교실 대표님과 옆에서 응원해 주신 문영숙 작가님, 그리고 가교역할을 해준 핸드폰코칭글쓰기협회 가재산 회장님께 감사의 인사를 올린다.

그리고 시집의 제목 결정 설문에 참여해준 가족과 지인들에게도 고맙다는 말을 전한다.

푸름이 짙게 우거지고 있는 2021년 초여름날

현산 가금현

차례

1부 바라보기만 해도

2부 장미꽃을 꺾어보았나요

3^부 버리다 보니 빈 가슴이네

4^부 찬바람이 창문을 두드리고

5^부 옆구리가 시리대

1^부

바라보기만 해도

너를 보고 있노라면

네가 다가오고 있다는 것을
네가 내 곁으로 오고 있다는 것을
풍겨오는 향이 너라는 것을 안다.

다가오고 있지만
내 곁으로 오는 것 같지만
네게서 풍기는 향이라는 것을 알지만, 아니다.

술을 마시지 않으면
떠나가는 네 모습이 미워
눈물 흘릴 것 같아 술잔을 든다.
흠뻑 취하면 떠나가는 네 모습이 보이지 않을 것 같
기에 이 밤도 취한다.

그대여 나를 아는가?

당신 나를 알고 있나요
그대여 나를 아는 가요
제멋대로 생겨서 바라보면
웃음만 나오는 나를 아는가요
내 고향이 어디고
내 나이가 몇인지 알고 있나요

당신은 나를 알고 있나요
그대는 나에 대해 아는 것이 있나요
제멋대로인 성격에 다가가면
으르렁 물어뜯길 것 같은 나를 아는가요
내 가슴속이 어떤지
내 마음이 얼마나 따뜻한지 알고 있나요

알아달라고 하지 않겠어요
알아주지 않아도 서운해하지 않아요
내 생긴 것이 웃음이고
내 승깔이 지랄이라는 것을 나 스스로 알기에
내 가슴을 열어 보여 준다고 내 마음을 펼쳐 보여
준다고

당신이 나의 뜨거운 마음에 들어앉을 수 있을까요

어둠 속에서도 빛나는 너

너를 만난다는 것은 웃음이다.

내 품으로 밀려온 어둠이 밝아지는 것은
너의 환한 미소가 있기 때문이다.

긴 어둠 다 지날 때까지
너를 품에 안고 잠들고 싶은 마음 한 잔의 술로 달
래며
어둠을 헤집고 나의 공간으로 스며든다.

가을 햇살 익는 날
도리깨질에 타닥타닥 터져 나오는 들깨처럼
너는 내 품에 안기어 쾌락의 몸부림을 치리라
여름 햇살 듬뿍 받고 익은 너의 몸을 태워 주리다.

바라보기만 해도

바라보기만 해도 마음이 설레는 너
너를 바라본다는 것만으로도 마음 울렁이는 나
네가 있기에 나는 숨을 쉬고
너를 바라보는 것으로 행복이다.

바라보기만 해도 사는 맛이 나는 나
너를 바라본다는 것만으로도 생의 존재가치가 있
기에
너는 나의 모든 것
너를 바라보는 것으로 희망이다.

너를 보는 것만으로도

네가 옆에 있기에
한 잔의 소주도 맛이 나고
네가 옆에 있기에
나는 큰 소리로 말할 수 있다.

네가 옆에 있기에
살아가는 길이 가시밭길이어도 걸을만하고
네가 옆에 있기에
나는 내 목소리를 낼 수 있다.

너 가는 길 힘들다는 것 알고 있기에
너 가는 길 징검다리 돌 하나씩 깔아놓고 싶다
너 가는 길 힘들더라도
내 손을 꼭 잡고 함께 이겨 가자꾸나

아들아
우리 함께 멋진 친구가 되어
행복의 그림을 화폭에 담아보자꾸나
아들아 사랑한다.

꿈을 꾼다

나는 그곳에 그녀와 함께 있었다.
겨울 햇살 받아 반짝이는 물 위에 날개 퍼덕이는
새들
바람이 불어 갈대가 이리저리 흔들리는 모습
휘리릭 물 위를 발 빠르게 뛰는 오리도 보며
그녀와 함께 차 안에 나란히 누웠다.

그녀의 볼을 살며시 보듬어 보니
맑은 웃음이 피어오르는 것을 본다
커피숍에서 사 온 커피는 식어버렸지만
그녀의 눈빛은 뜨겁게 달아오르고
서로 가야 할 길을 재촉하는 바람이 불어왔다.

말은 하지 않아도 네 마음 알아요

내가 하는 일

내가 이런 일 하고 있다고 얘기하지 않아도 세월 조금만 지나도 알아준답니다.

내가 이런 일 한다고 소리 내 얘기하는 것보다 더 진실되게 알아줍니다.

네가 하는 일

네가 그런 일 하고 있다고 말하지 않아도 세월 지나다 보면 알게 됩니다.

네가 그런 일 한다고 하고 있다고 떠들면 하고 있어도 정말 할까 생각하게 됩니다.

바람 따라 이리저리 흔들리는 마음을 가진 사람은 좋을 때 나쁠 때를 따지지만

비바람 몰아쳐도 흔들리지 않는 사람은 좋을 때도 내 사람 나쁠 때도 내 사람이라 합니다.

몰아치는 바람 고개 숙여 목덜미로 흘려보내면 될 일을

꼿꼿하게 받아 귓구멍으로까지 치닫게 하니 고개가 뻣뻣하게 치켜세워져 스스로 무너집니다.

말은 하지 않아도 네가 무엇을 하는지 알아주는 이 많습니다.

닫엇슈

　바람이 차다는 것
　선도리 해변에 가득 들어찬 검은 빛 갯물의 출렁임
에서 본다.

　바람이 차다는 것
　검은빛 갯물을 비추려고 가려진 구름 사이로 태양
이 악을 씀에서 본다.

　바람이 찬 날
　선도리 해변가에 차 들이밀며 바람 막아 줄 카페 바
라보니 ‘닫엇슈’라고 써 있다.

　찬바람 부는 날
　개 한 마리 님을 품으라고 달려왔는데 ‘닫엇슈’만
눈에 담고 왔다.

　찬바람 부는 날에도 품지 못한 님
　언제나 가슴 깊이 안아줄까.

기다리는 여인

기다리는 여인이 있기에
겨울 찬바람에도 다가갑니다.

기다리는 여인이 있기에
긴긴 겨울밤도 짧기만 합니다.

기다리는 여인이 있기에
외롭지 않은 나날을 보냅니다.

기다리는 여인이 있어
입가에 미소가 가득합니다.

기다려주는 여인
당신은 나의 사랑입니다.

그리움이 넘치니 지난 흔적만 떠오르고

바짝 다가갈 수 없는 사랑이기에 그리움만 넘쳐
지난날 만남의 흔적만 되살려 더욱 그립게 한다.

만나 뜨겁게 달궈야 할 사랑인데
마음으로만 달궈가니 흔적들만 까맣게 태워져 하얀
공간만 넓어진다.

해가 바뀌며 기나긴 강을 건넌 듯 더욱 그립고
손을 뻗어도 너의 손끝 보이지 않은 것 같아 더욱 애
절한데 또 하루가 진다.

너를 품어야 이 해 당당하게 맞서 갈 수 있을 터인데
너는 어디 있기에 내 손끝에 닿지 않는가.

손끝에 닿기만 하면 와락 따스한 가슴으로 뜨겁게
안아줄 수 있는데
오늘도 그리움만 넘쳐흘러 지난 흔적만 끄집어내
하루해를 보낸다.

너와 나 만남의 사랑은 이제 갓 첫걸음마로

너와 나 쌓아야 할 사랑 이제 시작인데

빈사랑만 쌓아가며 해만 넘기고 있으니 가슴만 무너지는구나.

사랑한다면

사랑한다면 말하지 않아도
마음으로 알아듣고
사랑한다면 보지 않아도
마음으로 보인다 한다.

사랑한다면 손으로 만지지 않아도
마음과 마음이 닿고
사랑한다면 안지 않아도
마음속 깊이 안겨 있다 한다.

보고 싶어도 사랑하기에
보고 싶다는 말을
듣고 싶어도 사랑하기에
듣고 싶다는 말을 못하는 바보가 되는가 보다.

저 멀리 보이는 너

달려갈 수도
이리 오라 할 수도 없이
저 멀리 있는 너를 본다.

지쳐 달려갈 수도
비워진 마음이라 오라 하지도 못한 채
한 해를 넘기며 바라만 본다.

저 멀리 보이는 너는 너 일뿐이라
눈을 감으니 저 멀리 보이던 너의 모습은
흔적조차 없이 사라져 버렸다.

이제 마음을 비운 한 해를 맞이하겠다.

너 가는 모습 바라보니

너 가는 모습 바라보니
겨울바람에 머릿결 날리는 뒷모습 아름답다
혹시 돌아볼까 돌아서지 못하고
네 모습 보이지 않을 때까지 망부석 되었다.

한잔 술 함께 나누며
웃고 웃으며 즐거운 시간
봄 눈 녹듯 스르르 파란시간 검은시간 되었다.

네가 있어 겨울인데도 춥지 않고
네가 있어 마음이 허하지 않고
네가 있어 외롭지 않으니 너는 나의 친구다.

친구 가는 모습 바라보아도
너 가는 모습 찬바람 맞으며 지켜 서서 바라보아도
나 괜찮다 너는 나의 친구다.

오고 있다

삼월이 문 앞에 섰다.
문을 밀면 삼월이다
오라고 하지 않았는데도
오는 길을 알려주지 않았는데도
삼월은 어김없이 제 길을 찾아 문 앞에 섰다.
문을 열지 않아도
삼월은 제 스스로 문을 열고 들어설 것이다.
꽃향기를 묻혀 왔을까
아님 떠나기 싫은 겨울바람을 숨겨 왔을까
이 밤 지나고 나면 삼월이 문을 열고 내 앞에 설 것
이다.

너는 또 누구냐

너는 또 누구기에 내 앞에 서 있는가
내 보지 않으려 눈을 감아버려도
마음으로 너를 보고 있으니 아리다
잡지 못할 너라는 것을 알면서
이미 마음으로 너를 품어버렸으니
눈을 감은들 고개를 돌린들
마음속은 온통 하얗게 너의 미소로 채워진다.

너는 누구기에 내 눈에 비쳐졌는가
너의 예쁜 웃음을 보지 않으려 눈을 감아도
마음으로 이미 너의 웃음 속에 핀 고독을 읽었으나
그 고독 내 풀어주지 못하는 줄 알면서도
자꾸만 너를 보려 고개를 든다
너와 눈 마주침이 어색하다는 것을 알면서도
마음속에 너의 웃음으로 온통 넘쳐 나를 어지럽게
한다.

이 바람 불고 나면 봄이 오겠지

바람이 바지 끝자락 사이로 밀고 드니 차다
집에 두고 나온 목도리에
자꾸만 미련이 남는다.

이 바람 불고 나면
바지 끝자락 치고 드는 바람도 따스하겠지
목도리는 이제 장롱 속에서
봄 여름 가을 잠을 자겠다.

정유년 봄바람

너의 젖가슴이 그리워
네가 잠들었을 곳으로 차를 몬다.

봄바람 속에 너의 무르익은 몸이 그리워
더 깊숙이 네가 잠든 곳으로 나를 밀어 넣는다.

그 자리에 서면 너를 볼 것 같지만
언제나 그 자리는 비어 있고 봄바람만 살랑인다.

봄이 오기에 봄바람을 타기에 나는 오늘도 봄바람
을 맞는다.

예쁜 친구가 있어

봄은 다가와 손등을 건드는데
바람은 늦가을 벗을 데리고 온 듯하다.

봄에 새순 오르듯 친구의 볼에도 올라왔건만
늦가을 바람에 손은 호주머니 속에 감춰져 있다.

이른 봄 파란시간에 해미읍성 안을 거닐다 보니
푸릇푸릇 잔디 싹 늦가을 바람에 숨죽이고 있으니
고운 손 빼앗아 잡을 수 없었다.

예쁜 친구가 있기에 다가온 봄에 늦가을 바람이라도
외롭지 않고 고독하지 않으니 하하하 웃는다.

다가온 봄도 웃는다.

웅도 갯바람에 사랑이 익어가던 날

눈부신 햇살에 이맛살 주름이 잡히면서도
반짝이는 갯바닥 물결에 환한 미소가 더 좋다.

구불구불 웅도 가는 길
든든한 다리 사이로 물 흐르고
파도 넘실넘실 드나들던 바닷길이 열렸구나.

바닷가 장벌 위로 불어오는 봄바람
너와 나 맞잡은 손등 위로 스쳐가고
파도 따라 깡충깡충 뛰는 갈매기 꺄욱꺄욱 시샘한다.

사그락 걸음마다 사그락 모래 소리
너의 허리를 감아든 손길에 사랑이 익어가고
바위에 걸터앉아 어루만지는 꿈을 꾼다.

너를 품다

사랑 찾아가는 시간은 더딘 소걸음인데
서로 만나 사랑하려다 보면 번갯불이다.

가을바람이 겨울바람 닮아가는 날
사랑 찾아 떠난다기에 마음 설레며 기다림이 소걸
음이다.

울퉁불퉁 산 넘고 물 건너
너를 품으니 한나절이 똑하고 떨어졌다.

2^부

장미꽃을 꺾어보았나요

꽃이라는 것

지나가는 길
발길 멈추고 바라보는 것만으로도
심장이 터질 듯 울렁이는 것
마음으로 다가왔으면 되었지
손으로 꺾어 내 안의 꽃병에 꽂아 두어야 되는 것
은 아니다.

우연한 나들이에
다가선 꽃 한 송이
서로 바라보는 것만으로도 얼굴 가득 미소가 번지고
청춘의 심장처럼 쾅쾅 두드리지 않더라도 살며시
스치면 되었지
꺾어 내 품 안에 안아야 되는 것은 아니다.

돌아서면 미련으로 남는 꽃이라도
어떤 바람에라도 스스로 꺾여 내 품 안에 안기면 그
때 안아주리다.

가을에 핀 장미

눈부신 가을 햇살이
그녀 뺨 위로 내려앉았다
손을 내밀어 쓰다듬으며 입 맞추고 싶다.

보는 이 없다면
바라보는 눈이 없었더라면
그렇게 다가가 끌어안고 입 맞추고 쓰다듬었으리라.

가을 햇살이 그녀 위에서
눈부시게 빛이 난다
담장 위에 장미 한 송이 당당하게 꽃잎 열고
가을 햇살과 입 맞추고 있다.

내 입술이 타들어 간다
장미연립 옆 주차장에도 활짝 핀 장미가
가을 햇살과 입 맞추고 있었다
오늘도 나는 타들어 가는 입술을
한 잔의 술로 달래야 할 일이다.

이슬 맞은 붉은 장미

햇살이 내려
너의 붉은 입술 위에 묻은 하얀 이슬을 말린다.

살짝 벌어진 붉은 입술
그 사이로 보여지는 신비함은 가을풍경이다.

밤새 내린 이슬은
너의 붉은 꽃잎 위에 내려앉아 입맞춤했을 터
부럽다.

너의 붉은 꽃잎은
어느 날 입을 열고 나를 맞아주리

떠나야 한다면

떠나야 한다면 흔적 없이 가라
떠나야 한다면 말없이 가라
너 가고 떠난 뒤 남은 흔적으로 추억을
되살려 눈물짓는 이 있을지 모르니
너 떠날 때 떠난다는 말로 가슴 졸이며
가슴 아파하는 이는 있을지 모르니
흔적을 남기지 말고 말조차 하지 말고 떠나가라
있었는지 없었는지 모르게 떠나간다면
잠시 외출했다 생각하리다.

캄보디아 그리고 여인

네가 그곳에 있기에
나 그곳이 뜨겁더라도 간다.

너를 만날 때마다 수줍음으로 다가오는 모습을 보
는 것만으로도
한나절이 넘는 시간 움츠렸더라도 웃을 수 있다.

너의 수줍은 미소는 캄보디아다
너의 작은 가슴은 나를 캄보디아로 이끄는 자석이
다.

작은 몸 하나로 억세게 살아가는 너는 캄보디아 여인
힘든 삶의 무게에 눌려 흘린 눈물
그 자국이 얼마나 깊었으면 눈 밑에 웅덩이라니
한 해 한 해 스치는 시간 속에 너도 익는구나.

눈흘김으로 억센 듯 밀쳐내 보이지만
가녀린 마음이기에 두 눈이 감겨오더라도 수줍게
웃으며 캄보디아로 이끈다.

캄보디아에 그녀가 있어

뜨거운 태양에 말라버린 먼지만이 날더라도 나 그 곳에 설 수 있다.

하나를 얻으면 하나를 내줘야 하거늘

하나의 가슴이기에
둘의 사랑은 들어올 수 없음인데도
욕심을 내어 둘의 사랑을 채우려 하니
가슴은 찢기어 하나도 채우지 못한다.

가슴 속에 채워진
하나의 사랑을 익히지도 못하면서
욕심이 난다고 밖의 사랑을 채우려 하지 마라
하나뿐인 가슴속의 사랑마저 네 가슴을 찢고 날아
가면 아픔만 남는다.

푸른색 바다에 잠들고 싶다

붉은 노을은 이미 간월도 앞 바다 아래 잠들고
뒤늦게 도착한 낮의 밝음은 파도와 함께 밀려온 검
은 어둠에 휘말려
푸르스름한 채 갯벌 위로 다가서는 갯물과 함께 엉
킨다.

이보다 짙은 푸름으로 물든 시간이 개와 늑대라 했
다는 말
무릎을 딱 치며 공감의 미소를
검은빛 푸르스름 속에 날리다 보니 간월도 앞이다.

바라만 보아도 웃음이 절로 나는데
두 손으로 어루만지면 검게 변해가는 푸른 파도도
하얗게 부서지지 않을까
푸르스름한 간월도 길이 짙은 어둠이라 그 안에 포
근하게 잠들고 싶다.

헛꿈

　너를 만날 땐 로또를 구입할 때 같은 기대감
　너를 만난다 하면 로또를 품에 안는 것처럼 하루
가 즐겁다.

　월요일 아침
　신문의 한 면을 들여다보며 펼쳐놓은 로또를 바라
보면
　마음 한구석 너의 모습을 들여다보는 것 같다.

느낌이라는 것

보지 않아도
말하지 않아도
네 생각을 읽어가는 것
보여주면 줄수록 추잡한 모습
말하면 할수록 추해지는 모습
가만히 있어도 네 생각을 읽을 수 있는데 말하고 보
여주고 있다.

메마른 가슴에 메마른 사랑으로 몸살을 앓
겠다

　그녀도 그랬다
　그녀 마음속에 나의 존재는 이미 비워졌다는 것을
알고 있어
　나도 마음속에 스며든 그녀를 비우려고 수없이 퍼
내었다.

　다 비워진 것 같으면서도 어느 한구석에 출렁이는
것 같아
　이리 뒤집고 저리 뒤집고 손수건 비틀어 짜듯 긴긴
밤을 뒤척이며 퍼내었다.
　새벽이 다가오면 다 비워진 것 같아
　몽롱한 잠결로 빠져들어 꿈에서조차 그녀를 잊는다.

　그런데 눈뜨면 왜 그녀가 그리워지나
　엊저녁 밤새워 퍼낸 그녀의 흔적은 어디에 숨어 있
던 것일까

　삼월이 잊고 싶은 여인의 향기를 몰고 왔다
　돌아오는 봄
　메마른 가슴에 메마른 사랑으로 몸살을 앓겠다.

장미꽃을 꺾어 보았나요?

　울타리에 빨갛게 잎을 열고 유혹하는 장미꽃을 꺾
어 보았나요
　붉게 수줍어하듯 입을 연 탐스런 장미 한 송이
　마음속에 담아둔 여인에게 주려고 꺾어 보았나요
　그녀를 향한 마음이 크면 클수록 예쁘고 탐스런 붉
은 장미꽃에 마음이 더 가는데
　앗! 아리도록 쑤셔오는 아픔을 맛보아야 한대요
　손끝을 파고드는 가시의 찔림을 경험해 보았나요
　장미 가시의 아픔이 크면 클수록 내 사랑은 더 익어
간다는 것을 아시나요
　이 봄에 피는 장미 한 송이 손을 뻗어 꺾어보아요
　가시에 찔리는 아픔이 크면 클수록 사랑은 더 커
져요
　장미 가시에 콕콕 찔려 밤새 아리도록 아픔이 있
더라도
　이 봄 장미꽃 전해 줄 여인이 내 앞에 있었으면 좋
겠어요.

수선화 피었다는 소리에

담벼락 아래
노오란 수선화 피었더니
그 위에 하얀 눈꽃 피었다고 애인이 소식 전한다.

수선화 피고 그 위에 눈이 내렸더라고 친구한테 하니
마늘밭 수선화는 아직도 겨울이더라 한다.

마늘밭에 핀 수선화는 예쁜 친구와 나만 아는 비밀
이야기다.

정말 마늘이 때 이른 노란 꽃을 피웠는지도 모르는
일인데….

수선화가 꽃잎을 열다

노란 속살이 예쁘다
자꾸만 입술이 다가간다
겹겹 속살은 더 연한 노랑이다
혀를 내밀고 싶어 입 안이 간지럽다
봄날 담벼락 아래 핀 수선화
내 여인을 벗기고 보는 것 같다.

연인에게 보내는 붉은 장미

내게
붉은 장미는 열정입니다.

내가
당신에게 보내는 붉은 장미는 곧 열정입니다.

그 열정은 뜨거운 사랑이기도 합니다.

열정적이고 싶습니다.
뜨거운 사랑을 하고 싶습니다.

우리 사랑은 늘 붉은 장미처럼
열정적이고 뜨거운 사랑이 될 것입니다.

그 소망을 담아
붉은 장미를 보내드리는 것입니다.

당신은 내게
붉은 장미랍니다.

우리 가는 길목에

여름으로 가는 길목에
발길 잡는 꽃

우리네 삶도
누군가의 발길을 잡는 삶이었으면 좋겠다.

오월의 마지막 일요일 아침에
내 발길 멈추게 하고
마음을 빼앗는 당신은 누구인가?

열정을 가질 수 있다는 것은
발길 멈추게 한 꽃을 품을 수 있다는 것
이 아침이 맑기만 하다.

꽃밥

하얀 꽃밥은 어쩜 하얀 쌀밥 같으냐
금방 퍼 올렸을 땐 김이 모락모락 나는 하얀 밥이
지만
때 지나면 누렇게 변하는 것이 어쩜 그리도 같으냐
잠시 발걸음 멈추고 보라
꽃도 때 되면 피고 지는 것을 알고 있는데
너는 어찌 옳고 그름도 모르는지
잠시 발걸음 멈추고 보라.

초록이 물드는데

초록이 눈부신데 바쁜가 보다
초록 하늘 아래 나 홀로 거닐고 있으니
스치고 지나가는 바람 한 점 없다.

초록의 눈부신 하늘
그 아래 두 팔 벌려 안을 수만 있다면
지나가는 바람이라도 외롭지 않겠다.

다가가야 하는데

네 곁으로 다가가야 하는데
네가 있는 곳으로 다가가야 하는데
오늘도 머뭇거리다 해를 보낸다.

네가 있어 꽃을 피웠고
네가 있기에 꽃향기에 취했건만
그 향기 소중한지 모르고 저버리다 해를 넘긴다.

네 곁으로 다가가고 싶은데
너를 다시 내 곁으로 불러보고 싶은데
해는 지고 마음만 너를 잡는다.

꽃에 묻다

빛이 바래 버렸다
훔치고 싶을 정도로
피어난 붉은 입술이었는데
희끗희끗 붉은 입술에 드리워진 검버섯
너에게 묻는다
너를 뜨겁게 달구던 사랑의 열정
몇 번이나 있었는가? 라고.

3^부

버리다 보니 빈 가슴이네

번갯불

꽝!

한 줄기 불빛이 하늘을 가르고 땅 위에 대각선으로 그어져 비춰졌다

보이지 않던 작은 것까지 눈에 선명하게 들어오고 구석구석 웅크리고 있던 개미들의 구부정한 등마저 눈에 들어왔다

갑자기 나타난 이 빛은 무슨 빛이기에 세상을 밝게 비춰 여린 가슴을 철렁 내려앉게 하는가

이 빛 형광등 수명만큼이나 오래도록 간다면 너의 고운 얼굴 때 묻은 것도 보겠다.

번갯불은 순간 밝지만 찰나라는 것

그 찰나에 다 보려고 하다니 참으로 가소롭도다.

용담호를 품으려고 했지만

내 가슴이 넓지 못함을 모른 채

용담호를 품으려 했다.

긴 가뭄의 햇살이 뜨겁다는 것도 모른 채
한 줄기 소나기에 메마른 용담호를 품으면 되는 줄
알았다.

물의 흔적마저 용납하지 않은 용담호의 붉은 속살에
내 작은 성욕으로 채우려 했다는 것이 부끄럽다.

푸른 물
깊은 바닥임을 잴 수 없음을 보여 주는 것만으로도
용담호는 지난 거친 역사를 말한다.

나
깊어가는 여름밤 잠 못 이루고
용담호의 푸른 물에 빠져드는 상상에 젖어 든다.
내 지금 품을 수 없지만 꿈에서라도 품으리라 용
담호를

내 마음을 비우려 하는데

비워도 또 비워도 채워지는 것
버리고 또 버려도 채워지는 것
이제 나를 담아야 할 욕심도 없는데
이제 네게 들어야 할 욕도 없는 것 같은데
듣지 않아도 될 허상만이 가득 채워지는지 모르겠다.

너에게 내 짐을 져 달라는 것도 아닌데
너를 향해 단 한마디 험담도 없었는데
네 스스로 짐을 지고 들려오는 바람 소리에 놀라 무너지고
나를 탓하면 나는 어디에 둥지를 트나
바람 소리만 서글프게 가슴으로 파고드는 것 같다.
김 삿갓 방랑길에 시를 읊어야 했던 심정 이제야 알겠구나.

빈 가슴 채우지 못한 채 하루해 넘어간다

아침 눈을 뜨면서
걸어가야 할 길을 길게도 잡아 놓고
현관문을 열면서
채워야 할 가슴 넓게 비워 놓았다

채워야 할 공간 넓어야
채워야 할 사랑도 많은 것
텅텅 비워 놓고
당당하게 가보자 다가오는 사랑을 담아보자

다가올 사랑은 아직도 봄의 향연에 취해
깨어나지 못하고 있는가 보다
해는 중천을 넘어 서해 바다로 넘어가는 해 잡을
수 없으니
해지고 밀려온 어둠의 공간
그 안에 반짝이는 불빛
그 빛을 따라가는 불나방 되어 밀궁을 찾아가야 하
는가.

오월이 오니 네 가슴이 비워지더냐

초록의 물결이 하늘을 가리는 오월이다
가슴으로 초록의 색이 뚝뚝 떨어지니
연한 마음이 푸르게 물들어 간다.

초록의 물결이 봄 햇살을 가려주는 오월이다
살포시 감춰진 젖가슴으로 초록의 색이 떨어지니
잊고 지낸 초록의 땀방울 뚝뚝 떨어트려 주던 님 그
리워지는가 보다.

오월이 가슴으로 밀려 들어오고 있는 날
너의 무르익은 육체가 떠오르는 것은 신록이기 때
문이리라
가슴이 채워지는 초록이 다가왔으면 좋겠다.

가을에 핀 민들레꽃

남들은 씨앗 영글려 날개 달고 고향 찾아 떠났거늘
너 홀로 노란 꽃 활짝 열고 누구를 유혹하나
가시 향나무 사이 비집고 홀로선 너의 모습이 당당
하다.

가는 길 멈춰 너를 보노라
너를 보는 이 나 말고 또 누가 있을 것인가만
너의 당당함 가슴에 두는 사람 나 하나면 족하지
않을까

깊어가는 가을밤
서리 내릴 날도 멀지 않았는데
우뚝 선 모습에 활짝 핀 꽃잎으로도 당당하다.

씨앗을 맺지 못하면 어떠한가
활짝 핀 꽃잎만으로도 너의 모습은 사랑이라
그래 우리 늦게 핀 사랑으로 긴 가을밤 서리를 이
겨가 보자.

가을에 만난 벌천포

하늘도 푸르고
바다도 푸르니
나와 나 마음도 푸르다.

하늘 위 하얀 구름
바다 위 하얀 파도
너와 나 마음은 핑크빛

둥글둥글한 조약돌 사각사각
오후 햇살 머금고 밀려오는 파도 차르륵
너와 나 잡은 손 사랑이 익어가는 소리 찌리릭

사랑예찬

가슴이 뛸 때 사랑하라
풀잎도 이슬을 받아내 떨굴 때 빛나고
장미도 푸른 잎 사이로 붉게 잎을 열 때 아름다운 것
비바람 몰아쳐 땅바닥에 주저앉아도 푸른 풀잎은
살아있고
자기의 가시에 찔리어 헝클어진 장미도 제빛을 낸다.
가슴이 뛸 때 사랑하라
서리에 떨어진 풀잎은 다시 일어서지 못하고
깊은 가을밤에 잎 떨어진 장미는 가시넝쿨뿐이다.
뜨겁게 안아줄 수 있는 가슴이 있을 때 사랑하라
가슴이 식으면 아무리 뜨거운 사랑이 다가와도 써
늘한 빈 가슴뿐이라더라.

가야 하는 길 가다 돌아섰네

가야 할 길이 있어 찾아 나섰네
문을 열고 힘차게 걸어가야 한다며 길을 나섰네
언덕도 아닌데 언덕을 만난 듯하고
냇가도 아닌데 냇가를 만난 듯하고
숲도 아닌데 길도 없는 숲도 같고
바다도 아닌데 망망바다 푸른 물속 같고
숨만 헐떡이고 더 이상 나아가지 않으니
차라리 주저앉아 못 이룬 잠이나 자자한다.
바로 건너 개울가에서 나잇살이 웃고 있는 아침이다.

어둠이 온다고 어둠만 보지 마라

까만색 어둠이 온다고 까만색만 보지 마라
그 속에 묻어오는 바람도 보고 향기도 보라
검은색 어둠이 온다고 검은색만 보지 마라
그 속에 함께하는 숨결도 느끼고 땀 흘린 발걸음 소
리도 느껴라
어둠이 오는 것은 하루의 고단함을 쉬기 위함이니
어둠이 오면 두 팔을 벌려 따스하게 안아 줘라
어둠이 올 때 가로등 불빛은 더 밝아지더라
어둠이 오면 어두운 밤하늘 별은 더 반짝인다.

버리다 보니 빈 가슴이네

버리고
또 버리다 보니
빈 가슴이네

오후 한가한 시간
빈 가슴은 더욱 커 보이고
봄이 오는 소리만이 어지럽게 하네

어둠은 어둠으로 밝힐 수 없음을

　거친 바깥 냄새가 물씬 풍겨오는 공간
　밝는 전등불 아래에서도 왠지 어둠의 색깔이 묻어
나는 분위기
　차라리 빛을 보여 달라 할 일이지
　어둠의 색깔로 어둠을 밝히려 하니 바라보는 이 가
슴 칠 일이다.

문을 열어라

열려야 할 문이 닫혔네
들어가야 할 문이 닫혔네
열고 나와야 할 문이 닫혔네
창문으로 고개만 빼 내밀지 말고
문을 열고 나오너라.

열린 문도 닫고
열려야 할 문도 닫아버리니
들어가야 하는 데도 나와야 하는 데도 닫혔네
창문 틈으로 바라만 보지 말고
문을 활짝 열고 나오너라.

산길을 걸으며

깊은 사랑은 드러나지 않고
두터운 우정은 깊이를 알 수 없는 것
때 되면 나무에 꽃이 피고 지고 열매 맺고
말라붙은 풀포기 아래 뿌리 기지개 켜고 봄을 알
린다.

산길을 걸으며 드러나지 않는 사랑은 느끼고 있는지
깊이를 알 수 없는 우정은 간직하고 있는지
꽃망울 부풀어 오른 나무에 물을 수 없고
땅을 뚫고 오르는 파란 새싹에다 물을 수도 없구나.

선과 악 사이에서

바름은 바름뿐이다
바름은 어떠한 역경에서도 바름이다
바름이 그름으로 가는 길은 누명 쓸 때뿐이다.

그름은 바름을 흉내 낸다
그름은 작은 일에도 그름을 숨기고 바름인 척한다
그름이 그름으로 가는 길은 바름이 떠날 때뿐이다.

바름은 그름 앞에 바름을 말하지만
그름은 바름이 바름인지 알면서도 그름이라 한다
속 터지는 바름이 쌀밥 한 솥 놔둔 채 그름 곁을 떠
난다.

그름은 바름이 그러길 바라며
바름이 그름이라고 그렇게 떠드는 것이다.

동해 한섬해변

봄이 무르익어 떨어지려는 날에
동해 푸른바다에 몸을 던졌다.

그곳에 기다려주는 이 없기에
가고 싶은 대로 구불구불 언덕길도 오르고
꼬불꼬불 언덕배기 길도 내리면서 환호성도 지른다.

멀고 먼 길 돌아서 도착한 곳 동해 감추사
무궁화 열차 눈앞에서 파앙 경적 울리며 지나가고
철길 옆 소나무 숲길 따라 걷다 보니 한섬해변 모
래장벌이다.

철책선 따라 걷다 보니 푸른 바다 동해바다
모래장벌에 발자국 남기고 되돌아
소나무 숲길 따라오던 길 돌아와 정선아리랑을 찾
는다.

정선아리랑

정선 고한읍 카지노 아래 화려한 주막촌
허기진 배라도 듬뿍 넣은 조미료 만찬에 침이 주르
륵 흘러내린다.

밤새 카지노 불빛에 잠 못 이룰 만도 하련만
뜨거운 육체의 몸부림은 깊은 잠에 허덕이게 한다.

정선 오일장 이정표 따라 내려서니
산비탈 풍경이 한 폭의 액자이기에 브레이크를 잡는다.

꼬불꼬불 언덕길
구불구불 언덕길 오르고 내리다 보니
정선아리랑 발상지 남면이라
아리아리 아라리오 아리아리 아리랑 소리가 절로
난다.

이 길 열리기 전에야 이 길 어찌 넘었을까
이 산 아래 시집온 아낙네 몇 번이나 이 산을 넘었으리
아리아리 아라리오 아리아리 아리랑 소리가 절로
난다.

아낙네

왼손에는 푸른 순 한 움큼 집어 들고
오른손 호미가 일군 밭두둑에 순 하나 놓으니
호미가 사그락 흙을 덮는다.

쪼그려 앉아 한 뼘 한 뼘 가다 보니
지나온 밭두둑에는 고구마 잎새가
수줍은지 봄 햇살에 부끄러워 고개 떨구고 있다.

한 고랑 이기고 가면
또 한 고랑 나타나 그리운 님 불러볼 시간도 없으니
고구마 순 심는 아낙네 마음만 탄다.

저 건너 산기슭에 수비둘기 구구구
이 앞산 기슭에 암비둘기 구구구 서로 부르는데
고구마 순 놔야 할 두둑 몇 두둑인가 세는 마음 어
지럽다.

비 내리는 서울의 밤

비가 내린다
마음을 달궈 찾아온 서울의 밤
우산도 없어 내리는 비만이 마음속 추억만 남길 터
다.

빗물이 몸을 적신다
한잔의 술도 싫은 서울의 밤
끌어안은 여체가 뜨거워 창문을 여니 파도 소리가
들려온다.

서울 한복판
파도가 밤새워 밀려와
뜨거운 몸을 식혀주니 서울의 밤은 순식간에 새버
렸다.

하늘이 맺어준 날
비가 내리고 그 긴 밤 밝아오는 새벽이 밉더니만
한 살 먹는 날
하얗게 새버린 서울의 밤도 밉기만 하다.

남대문 갈치조림집

밤새 파도 소리 벗 삼아 물길 질로 허기진 배
남대문 시장통 갈치조림집 탁자 하나를 잡는다.

갈치조림집이니 갈치조림 먹어야지
몇 가지 반찬에 쭈글쭈글한 갈치 튀김 세 토막 탁자
위에 펼쳐졌다.

보글보글 끓어오르는 작은 양은냄비 안 은색 갈치
만 보여지고
김 모락모락 피어나니 남대문시장 인심 좋다 했다.

젓가락 양은냄비에 넣어 갈치 한 토막 들어내려니
메마른 갈치 사이로 잘 익은 무수만 펜다

허기진 배
갈치면 어떻고 무수면 어떠냐
남대문시장 갈치조림집 쥔장도 남아야 애들 대학
보내지….

4^부

찬바람이 창문을 두드리고

가을이기에

가을이기에 나는 쓸쓸함을 탄다
가을이기에 나는 고독을 마신다
가을이기에 나는 스치는 바람 소리를 듣는다
가을이기에 나는 떠가는 구름에도 눈물 흘린다
가을이기에 나는 가던 길 잠시 멈추고 하늘을 바라
본다.

쓸쓸함을 타보았는가요
고독을 마셔봤는가요
스치는 바람 소리를 들어 보았는가요
떠가는 구름에 눈물을 흘려보았는가요
높은 하늘의 푸름을 바라보았는가요.

가을이 나를 영글어가게 하는 것 같다.

눈부신 꽃잎 지더니 마음으로 와닿는 꽃잎
피더라

꽃잎 진다고 서러워 마라
눈부신 꽃잎 지더니 마음으로 와닿는 꽃잎 피더라
하얀 세상 만들어 놓았던 꽃잎은 푸른 잎 되는가
싶더니
핑크빛 세상을 열어놓고 있다.

하얀 세상이 청춘이라면
핑크빛 세상은 사랑이다.

사랑이 활짝 열리고 있는데
그 열린 세상으로 들어가지 못하고 바라만 보네
지는 너를 그리워하기도 전에
마음으로 차고 드는 너를 품기조차 벅찬 나날이다.

사월의 무대도 서서히 막을 내리고 있는데
마음에 맺어놓은 사랑은 그 어디에서 불러야 하는가
예쁜 그대여
나의 손을 잡아주오
마음으로 와닿는 핑크빛 꽃잎이 되어주오.

겨울로 가는 바닷가

너의 손을 이끌고 달려간 곳
금빛 모래 반짝이는 바닷가 왜목마을

겨울로 가는 날 다가가긴 간 것 같은데
모래가 햇살에 반짝이었는지
그 위에 푸른 바닷물이 차 있었는지 모르겠다.

기억에 남겨온 것은
너의 달콤한 입맞춤 그리고 떨리던 살결

겨울로 가는 날 왜목마을의 바람이
너의 살결에 입맞춤했나 보다.

찬바람이 창문을 두드리고

가을이 가면서 인사하겠다고 창문을 두드리고 있었습니다.
가을을 보내기 싫어 밤새워 두드려도 창문을 열어 주지 않았습니다.

겨울이 다가와 인사하겠다고 창문을 두드립니다.
겨울을 받아주기 싫어 밤새워 두드려도 창문을 열지 않았습니다.

가을은 두 눈이 벌겋게 핏빛 되었고
겨울은 입술이 퉁퉁 부어 올랐습니다.

창문을 두드리며 떠나가는 가을도
찬바람을 몰고와 창문을 두드리는 겨울도
몸부림의 사랑 노래에 묻힌 밤이었나 봅니다.

아픈 삶은 뒤안길로 보내고

발길 닿는 대로 펼치자
마음 가는 대로 밀려가는 삶이든
밀리는 삶이든 내 삶인 것을 누구에게 맡기랴.

이제 방황은 사치다
내 삶의 아픔을 누가 알아줄까
아픈 삶은 뒤안길로 보내고 이제 사랑에 눈을 뜨자.

눈물을 흘리던 밤

돌아서는 너의 모습을 보았을 때
그때 그 소녀의 모습을 보았다.

그날 밤
꺼억꺼억 소리 내며 눈물을 흘렸다.

유리 한 장 끼워진 작은 창
밀려오는 겨울바람에 끼익끼익 울 듯
이불을 뒤집어쓰고 꺼억꺼억 울었다.

이 긴 겨울밤
울려고 해도 메마른 눈물로 바스락 소리만 나고
이중창 삼중 샷시에 불어오는 겨울바람은 스치고
갈 뿐이다.

눈 쌓인 산을 오르고 싶어라

푸른 소나무 솔잎 위에 하얀 꽃 가득 핀 산을 오르
고 싶다

쩌억쩌억 굵은 가지 뚝뚝 부러지며 내지르는 소리
로 가득한 산에 오르고 싶다

무릎까지 푹푹 빠지는 산기슭을 기어오르고 싶다

숨이 목을 타 넘어와 입을 다물지 못해 콧구멍으로
김이 모락모락 피어오르도록 산비탈을 오르고 싶다

바위 골 사이로 살을 도려낼 것 같은 칼바람에 맞서
두 주먹 불끈 쥐고 미친 듯 소리 지르고 싶다

그곳이 어느 산이라도 하얀 꽃 피워 낸 소나무가 가
득한 곳이라면 그에 묻히고 싶다.

겨울인데

귀 볼때기가 떨어져 나갈 것 같다나
코가 베어질 것 같다나 라며 엄살이다.

정월대보름 하루 앞두고
조금 심술부린 걸 가지고 엔간히들 야단 떤다.

가을인지 겨울인지 봄인지 모르고 갈 뻔했거늘
제 색깔 조금 보여준다고 이리 법석 떨면 다가올 봄
이 어찌 다가설까나

살다 보면 버럭 소리 한번 지를 수 있다는 걸 눈감
아 주자고
제아무리 바람에 바늘 날 선들 메이커 갑옷 뚫을 수
없잖겠는가.

겨울 길을 걷다

하얀 눈이 바람을 이기지 못하고 찢기어 날리는 날
하얀 눈 어디에 자리하는지 보려고 창문을 열었다.

하얀 눈은 바람에 이리저리 헤매다
벽에 부딪히고 나무에 부딪히고 땅바닥에서 흔적도
없이 사라졌다.

겨울바람만 없었다면 살포시 내려앉아 눈꽃 피우고
하얀 길 만들었을 터인데

고드름

　주흘산을 타고 내려오던 폭포수 뾰족한 고드름 되었네
　봄 마중 나간 손님 발걸음은 맑은 물에 멈추고
　여인의 쌍꺼풀 속 반짝이는 검은 눈동자 고드름에 멈추니
　문경새재길 고드름 녹아떨어지는 물방울로 촉촉한 봄을 알린다.

나와 맺은 인연은 나 스스로 풀지 않는다

겨울이 가니 봄이다
봄이 오니 날개를 단 듯 가볍다
톡톡 땅 사이로 새순이 한 마디씩 올라오며 방긋
뭉클뭉클 꽃망울이 영글며 웃는다.
겨울 가고 봄이 오는 데
내 곁에 머물던 너는 왜 아직도 겨울인가
톡톡 땅을 가르며 솟아나는 새순도
뭉클뭉클 꽃망울 영글며 커가는 것도
겨울 가고 봄이 오는 소리인데
너는 내가 겨울이라 우긴다.
나와 맺은 인연은 나 스스로 풀지 않는데
너 스스로 풀어 뒤로 움츠러들며 봄을 시샘하는가.

봉수산휴양림 떡갈나무에 불던 바람 소리

예당호 물빛 타고 넘어오던 바람
솔잎에 걸려 비비적 말아 올라오는 소리
봉수산 중턱에 걸려 헐떡인다.

듬직한 산자락에 고였던 물
계곡 깊이 꿜꿜꿜 쏟아내니
물안개 포근히 머금은 예당호 받아준다.
봉수산 물 받으니 하얗게 핀 물안개 사라지고
예당호 물빛 반짝반짝 뒤로한 채
산 오르는 여인네 가뿐 호흡 소리만 들려온다.

나제통문을 지나다

무주 설천에
옛이야기가 전해지고 있을 것 같다.

기쁜 사연보다는
가슴을 아리는 사연을 담은
옛이야기가 전해지고 있을 것 같다.

나제통문(羅濟通門)을 지나며 가슴 저린 사연은
무엇일까를 생각한다.
통문을 감싸 안은 바위마저 고풍스럽고
그 위에 자란 소나무는 긴 사연을 알고 있을 것 같
다.

나제통문을 지나며 옛이야기의 주인공이 되어보고
새로운 사연을 써보고 싶었다.
그 앞 나제가든 다슬기해장국은 먹지 말았어야 할
이야기가 되었다.

구름해수욕장 가는 길

파도 소리가 들려오는데
그 소리가 어떤 소리음인지
알 수 없음이 안타까워 안타까워한다.

두 팔을 벌리면 그 안에
다 들어올 것 같은
십리포해수욕장을 벗어나 산굽이 도는데
바닷가 개구쟁이 섬 또랑이가 어디 가냐고 묻기에
발걸음 멈춰 구름해변 간다고 했다.

산비탈 내려서니 해송 사이로 펼쳐진 모래장벌 위에서
파도가 푸른 눈빛 반짝이며 반갑다고 손짓하는데
쌍꺼풀 여인 발걸음 무거운지 뒤돌아선다기에
서너 발걸음이면 파도 위 구름이라 했다.

구름해수욕장이 너를 품고 나를 품으며
한 장벌 푸른 파도 손 흔들며
무어라고 무어라고 반기는 소리
그 소리가 뭔 소리인지 궁금해 되돌아서는데
  해송 사이로 부는 가을바람이 같은 소리임을 알겠
다 한다.

신두리 해변에서

조금 이른 한낮이라 그런가
드넓은 신두리 모래장벌 위
조개껍데기 줍는 아이도 없다.

어디에서 달려온 파도인지
여유롭게 살짝살짝 다가와 모래장벌에 입맞춤한다.

따스한 아메리칸 캔 커피 사이에 두고
파도와 모래장벌의 사랑 얘기 듣고 있으면서도
손 한번 잡지 못한 나의 이야기는 갯바닷가 소년의
수줍음인가
살짝살짝 모래에 입맞춤하는 파도가 부럽기만 하다.

마도 앞바다

푸른 파도를 보면 마음이 뛴다
푸른 파도를 보는 것만으로도
막힌 가슴이 뚫리는 듯 시원하다.

잡풀로 가려진 작은 학교 옆
비포장도로 모퉁이 돌아서면
막혔던 숨이 헉하고 터질 듯 푸른 파도가 반긴다.

신진도항 방파제 끝자락에 마주한 곳
쭈꾸미와 도자기의 인연으로
세상 사람 깜짝 놀라게 한 섬 아닌 섬.

산비탈은 그대로 서 있건만
지난날 함께했던 벗은 어디에 있는가
마도 앞바다 푸른 파도만이 나의 빈자리를 채워준
다.

지곡의 별궁

사랑방아 쌀방아 사잇길로
진충사 가는 길 진달래 웃고 있네
꽃피는 봄날
꽃잎 같은 네 손등에 까칠까칠한 턱수염을 비비며
솔나무 속 진달래 핀
산등성이 오솔길을 오른다.

가는 곳 정하지 않고
산등성이 너머에 무엇이 있는지도 모른 채
아슬아슬 넘어선다
아 지곡에 이런 곳이 다 있구나
섬 아닌 섬 바위
그 건너 망월산 꼭대기 둥근 공
깔아놓은 해변 길로 밀려오는 바닷물
파도에 깎여진 의자바위에 걸터앉아
자몽주스 머금고 키스를 한다.

내 고향 적돌 바다가 그립구나

네 손을 잡고 거닐고 싶어

한적한 길 위에
너 따로
나 따로 거닐려면 왜 함께 왔는지 모른다.
강 위 산자락에 새도 손잡고
강 속의 물고기도 손잡고 있는데
길 위에
너 따로
나 따로 거닐고 있으니
강 건너 논 가는 농부가 바라보며
"에잇 시절들"이라 한다.

눈이 부시건만 마음으로 다가오지 않으니

눈이 부실 정도로 꽃잎이 흐드러지게 피었건만
발걸음만 재촉할 뿐 마음으로 다가오지 않으니
이 봄 빈껍데기뿐인가 보다.

꽃잎에 눈이 부셔 두 눈을 감았고
바짝 다가섰지만 마음으로 보이지 않으니
이 봄 시간만 흘러가는가 보다.

5^부

옆구리가 시리대

한잔 술이 그리워서가 아니라

달려오겠다는 친구는 손님이 온대서
만났으면 하는 친구는 피곤이 눈꺼풀을 누르고 있
어서
사랑하고 싶은 친구는 농사일이 바쁜대서
술 취하게 하는 친구는 간판을 갈아야 한대서 못 온
단다.

너희들이 오지 못한다고 내 마시지 못하리
해 다 가면 다가오는 친구들과 함께 흠뻑 취하리라
해 다 가기 전에 한잔의 술이 그리워 불러보았건만
이 핑계 저 핑계에 가슴으로만 취하는구나.

방황이여 안녕

너 왜 그곳에 가느냐고 물어온다
너 왜 그곳에 자꾸만 가느냐고 한다
한때는 방황 때문이라고 마음으로 말했다.
나 가는 길은 쉼 없는 방황이고
나 매일 마시는 술도 방황의 끝을 알지 못하는 두려움을 잊기 위해서다.

밀려가는 삶인가
밀리는 삶인가
두 손을 놓으면 손 놓고 있다는 핀잔
두 팔을 휘젓고 다니면 설친다는 핀잔 속에 허둥대는 몰골
혹 더위가 콧구멍을 타고 폐 깊은 곳으로 들어온다
아직도 방황의 날개를 접지 못한 채 맴돌고 있다.

멈춰야 할 나이도 되었고
멈춰야 할 때도 되지 않았나
우리 살아 있는 생의 종착지는 죽음이거늘
종착지로 달려가는 이 순간 즐기자
그리고 보고 뜨겁게 사랑하자

지나온 길 돌아본들 돌아가 바로잡을 수 없음을 방
황은 거기서 손짓한다.

청첩장

이십 년이 넘도록 받기만 했지요
해가 쨍쨍하던 날도 받았고
흐리고 비바람 치던 날도 받았지요.

넉넉하면 넉넉한 대로
부족하면 부족한 대로
품에 안기면 마다하지 않고 지갑을 열었지요.

이십 년이 넘는 세월 속에 스치고 지나간 인연
어찌 다 가슴에 담아 두겠는가만
이제 헤아릴 수 없음이 세상 사는 이야기를 만드는
가 봅니다.

받았던 것 이제 돌려주려니
흔적 없이 사라진 인연이 왜 이리도 많은가
가슴 한켠에 숨어 살짝살짝 엿보는 욕심이 미워
조금은 아프더라도 들어내 던져 버렸지요.

그 자리에 하하하 웃음이 들어차고 있네요.

맘새김길을 아시나요

며느리 산부인과에 누워 있는 시간
산봉우리를 감싸 안은 안개를 보며 무주로 달려간다.
물어물어 무주고등학교 뒤편 자락 약수터에 차 세
우고
한 계단 한 계단 솔잎 카페트 타고 오르니 향로봉
금강에 막힌 앞섬과 뒷섬 둥근 마을 바라보고
솔잎 카페길 따라 내려서니 학교 가는 길
사오십 년의 발자취는 마음으로만 남긴 채
금강 물줄기에 비춰지는 기암괴석을 벗 삼아 학교
가는 길에 선다.

강가 모래밭에 들어서는 징검다리 건너면 소풍 가
는 길
학교도 가지 않고 소풍을 먼저 가랴
어제 내린 봄비가 야단을 치듯 징검다리 치는 물결
이 사납다.
가는 길 막아선 바위길
내 새끼 학교 가는 길 편하라고
망치와 정으로 쪼아 길을 내었으니 그 마음 새기라
고 맘새김길이라

후두교 건너 내도리로 넘어가는 길에 쑥 뜯는 촌로가 말하는 버스

시간마다 온다는 소리에 버스정류장에서 앞섬의 복숭아 과수원을 바라보며

안도현의 시를 읽는다.

허리 꼬부라진 할머니 강가 땅을 산자락 땅과 바꾼 사연

금가마와 쌀가마와 바꿨다며 속상해 울었다는 얘기를 어느 곳에서 들을까

흐르는 금강 물길도 까맣게 탄 속을 외면한 채 흘러가기만 하네

다리 건너면 매운탕 집 줄지어 있는데 시간마다 온다는 버스 기다리다

5분 타고 넘어온 무주 장날 장터에 갈치조림으로 허기진 배 채우니

맘새김길 풍경이 떠오른다.

학교 가는 길, 소풍 가는 길, 강변 가는 길 우리 함께 가자.

할아버지 되던 날

술을 마시고 눈을 감고 잠을 자지만
귀도 열려있고 눈도 떠져 있고 마음은 초조하게 기
다림이다.
집사람 바스락거리는 몸짓에 귀가 번쩍
집어 드는 휴대폰에 눈이 번쩍
기다림이 길고 긴 시간을 넘어간다.

높은 파도를 타고 집으로 가는 통통배 선장도 이런
기분일까
기다려 보자는 목소리에 잠시 눈을 감고
방긋 웃는 아가를 안아 든 내 모습에 눈을 떠 보니
메스의 힘을 빌려야 한다는 흰 가운의 말에
어쩔 수 없는 일임을 고개를 끄떡여 확인해 주고 눈
을 감는다.

아내의 움직임에 눈이 떠지고 들려오는 목소리에
귀가 열린다.
세상을 향해 터트린 첫 울음소리
아가도 건강하고 애기도 건강하다니 눈이 감긴다.
하랑이가 세상에 태어나던 날 새벽

밀려왔던 허리 통증이 어디론가 살그머니 빠져나가는 것 같았다.

아기가 태어나던 날

집
아내의 움직임에 눈이 떠지고
아내의 목소리에 귀가 열린다.

병원
입원실에서 아기를 낳아야 할 며느리
지켜보는 아들의 초조함은 의사의 말 한마디마다
심장이 멈췄다 열렸다 그렇게
긴긴 시간을 이겨내고 있을 터.

새벽으로 치닫는 시간
칼을 댄다는 소리에 가슴 저려 오지만
배운 놈 하는 소리에 귀 기울여야 할 처지
응 이라고 할 수밖에 없었다.

앙
하고 당차게 울더란다.
예쁜 아기가 손녀로 내 품에 안겨 오는 순간
긴 어둠을 이긴 밝음이 아침을 열었다.

나이 드신 아저씨

왜소한 체격이지만 걸음은 당당하다
배낭을 짊어지고 어디론가 향하는 그의 모습은 투
사 같았다
얼굴을 바라보면 바라보기 미안할 정도로 웃음이
있고
손을 내밀면 부끄러워할 정도로 정이 가득한 아저씨
쌀 한 포대 전해주면 고마워 어찌할 줄 모르는 아
저씨
산수의 나이에 하루 벌이를 찾아 나서는 그의 표정
을 보노라면 가슴이 휑하다
하얀 눈이 내리는 날
수급자란에 그의 이름을 올려놓고 싶었다.

포용

바위를 뚫어야 한다면
꼭 날카로운 송곳날이 아니어도 된다.
뭉툭하게 생겼어도
심지만 굳으면 된다는 것을 알면서도
날카롭게 날만 세워온 세월이
부질없음이 오십 고개를 넘겨서야 눈을 뜬다.

술이 날을 저물게 하네

한잔 술이 해를 넘기네
또 한잔 술이 날을 저물게 하네
석잔 째 술잔을 드니 어느 덧 어둠이 다가왔다.

나만 취하는가 했더니 해도 취하네
이 몸만 취해 쓰러지는가 했더니 해도 취해 쓰러져
잠을 자네
술이 나를 취하게 하고 해도 취하게 한다.

해 밝은 아래 술잔을 들면
술잔 속에 해와 정이 만나 사랑 나누도록
까만 밤 만들어 편한 잠결로 이끈다.

그곳에 그대로 있건만

햇볕이 쨍쨍하게 내리 쪼이는 날도
안개가 한 치 앞이 보이지 않게 내려앉은 날도
이슬비 부슬부슬 내려 술 한잔 생각하게 하는 날도
바람이 창문을 두드리고 마음을 두드리는 날도
나는 그곳에 그대로 있건만
너는 어디에 머물며 내 가슴을 태우나

벅적거리는 인천의 어떤 길옆 이디아커피숍에 앉아
홀로 아메리카노 한잔 주문해 놓고 홀짝홀짝
옆자리 중년으로 가는 두 여인네 입에서는
남정네 몰아대는데도 그리움이 묻어있네
나는 그곳에 그대로 있건만
너는 어디에서 무엇을 하기에 내 가슴을 울리나

이날 가고
또 하루 가면 마음속에 묻어둔 그리움은 풀려지려나
땅속에 잠들었던 개구리도 오늘 땅을 헤치고 올라
왔다는데
겨우내 움츠렸던 내 가슴 열고 들어설
너는 어디에 숨었기에 내 가슴을 적시나

고향집 가는 길

사차선 길 따라 내달리다 보면
높았던 언덕은 어디 가고 낯선 교차로 하나
굴다리로 가야 한다고 떠들던 입 꿰매고
신호등 불빛 따라 운전을 한다.

굴다리 구멍 통과해 언덕길 오르면
적돌 가는 길 어디냐고 할 터인데
신호등 불빛 따라가라 하니
좌회전 깜빡이 켜고 허허허 웃으며 돈다.

대산방앗간 언덕길은 옛날이야기지만
그 앞으로 가는 길은 옛날 길 그대로
모라지 길도 그대로
산길 넘어가는 길도 그대로
그 아래 고향 집도 그대로다.

어머니 손길 받아 핀 수선화 왜 이제 왔냐고 고개
흔들며 삐죽이고
어머니 정성 받아 핀 튤립 꽃잎 활짝 열고 입맞춤해
달라 유혹하고

수줍게 움친 채 꽃잎 감춘 연산홍은 왜 벌써 왔냐
며 부끄러워하고

　눈부신 꽃 잔듸 진한 향기 뽐내며 품어 달라 하지만

　내 이 몸은 뒷마당에서 달려오는 어머니 품에 안
긴다.

과거 보러 가는 길

흰 도포 검은 삿갓
괴나리봇짐에 걸린 짚신은 어디 가고
얼룩 달룩 바람막이 다양 각색 뒤집어쓴 모자
어깨에 매어진 배낭에 술 컵만이 매달려 덜렁인다.

멀고 먼 한양길에 들려주던 한줄기 폭포의 물줄기
는 고드름 되었는지 멈춰서 있고
옆 자락 흐르는 냇가 물 흐르는 소리만이 나그네 발
길 잡는다.

산자락 아래 자리 잡았던 주막
찰진 엉덩이 흔들며 잔에 술 따르던 주모
술 받으며 유혹의 눈길 보내던 과거 응시생은 어디
가고 넓은 터만 남아 누구를 기다리나.

과거 보러 가는 길
나 그곳에 있었네
찰진 엉덩이 흔드는 주모는 없어도 하하하 웃으며
주흘산 문경새재 산자락을 품었다
과거는 다음에 보리다.

아름답게 취한다는 것

마주 보며 한잔 술 부딪칠 때마다
정이 주렁주렁 매달려 술잔을 내려놓을 수 없다.

술잔을 들고 바라보면
주렁주렁 매달린 정을 하나씩 따 키워가니 빈 잔에
채워지는 술이다.

술을 머금은 너의 입술을 빨 수 없으니
술 채워진 잔으로 입술을 달래며 커가는 정으로 타
오르는 사랑을 달랜다.

짧은 여름밤이라도
마주 보며 한잔 나누며 사랑 대신 정을 쌓을 수 있다
는 것은 별보다 더 빛난다.

짧은 여름밤 긴 여운을 남긴다

아들의 딸이 목을 세우려고
두 다리로 걷기 위해
작은 몸을 부르르 떨며 바둥거리는 모습을 보며 안
쓰러워 두 눈을 감았습니다.

목을 받쳐주고 두 다리의 버팀목이 되어 주지만
이리 자빠지고 저리 자빠지며 고통스러워하는 모
습을 보며
두 눈을 감았습니다.

두 눈을 떴을 때
두 눈에 펼쳐진 모습을 보며
다시 두 눈을 감아보고 떠보며 웃습니다.

고개도 세우지 못하더니 어느 순간 누워 고개를 들
고 엎어지더니
제 아비 기듯 사랑방 마루부터 안방 마루까지
쉼 없이 기는 모습에 넋 나가 아침나절이 훌쩍 넘
습니다.

또 한 번
짧은 여름밤 꿈에 웃으며 깹니다.

하랑 100일

아직 내 안에
하랑이의 자리가 없는 것 같은데도
하랑이가 내 안으로 자꾸만 비집고 들어온다.
99일 되던 날에야 드디어 찾았다.
똘망똘망
두 눈동자 반짝이며 세상 모두가 신기한 듯
두 다리 버둥대며 금방이라도 걸어보겠다는 듯
100일 되던 날
엄마 품에서 아버지 품으로 할아버지 손을 거쳐 할
머니 품에 안기고 외할머니 품까지
증조할아버지 증조할머니의 따스한 눈길
세 고모와 외삼촌의 사랑 가득한 눈길 머무는 곳은
하랑이었다.
네가 태어나
내 아들이 아비 되었구나.

추하게 늙어감을 보며

무대 위에 펼쳐진 시제 펼침막에는
지난겨울 뜨겁게 달궜던 화롯불이 가득 담겨져 있
었다.

햇살 영근 오월에 화롯불을 앞에 두니
늙어감에 흐트러져 자기 색깔 아니라고 버럭한다.

꽃은 꽃으로만 보면 예쁠 터인데
좋아하는 색
싫어하는 색으로 꽃의 색깔을 구별하니
늙음이 헛세월이구나 한다.

오직 정치색으로 추하게 어그러진
이 늙은 여우에게 어울릴 만한 꽃은 없다.

옆구리가 시리대

낙엽이 뚝 하고 떨어지던 날
감처럼 붉게 익은 얼굴로 집안에 뛰어 들어온 막
내공주
나를 보자마자 대뜸 "아버지?"라고 부른다.
"왜?"라고 고개를 숙여 막내공주의 눈높이를 맞췄다.
막내공주는 빙긋 웃더니 "옆구리가 시려요"란다.
"우리 막내공주 남자친구가 없나 보네"라고 하니
"예"라고 바로 얘기를 하는데 안쓰러움이 묻어있다.
"아버지가 남자친구 소개해 줄까?"
초롱초롱한 눈빛이 반짝이는가 싶더니
"아뇨" 방글방글 웃는다.
초등학교 6학년짜리 나의 막내공주가
옆구리가 시리다고 한 날
훌쩍 자란 막내딸을 올려다보게 된다.

잊어야 하는데

눈이 내리는 날이면
떠오르는 얼굴 하나
눈이 내리면
저 멀리에 있어도 금방 달려와
마주 보고 있을 것 같은 얼굴 하나
눈이 내리는 날이면
나는 또 나이를 잊는다.

잊어야 하는데
잊어야 한다고
눈이 내려도 기억 속조차 꺼내어지지 않아야 하는데
눈이 내린다 해도 지워져야 할 얼굴인데
자꾸만 떠오른다.

취하게 다가오네

큰 대접에 정 담아 따라주는 술이
잔을 타고 흘러넘치는 것처럼
봄으로 가는 길을 하늘에서 철철 넘치게 흘려준다.

메마름의 갈증을 느꼈는지조차 모르게 지난날
움트고 솟아나야 할 새 생명이 있다는 것조차 모르
고 지난날
철철 넘치게 흘려주는 비는 생명수다.

가자 우리 손 잡고 더 멀리 가자

천년 된 나무도 바람에 흔들린다
흔들린다고 뿌리가 뽑히는가

가자 우리 손 잡고 더 멀리 가자
가다 보면 언덕도 있고
바람도 불고 돌부리도 있어 넘어지기도 한다
넘어지면 자빠져 좀 쉬었다 가자
바람도 지나면 별일 없고
언덕도 넘어보면 별일 아니고
돌부리도 베개 삼으면 편한 잠을 잘 수 있다
가자 우리 손 잡고 더 멀리 가보자
바람에 쓰러져 바람 탓하면 바람에 지는 것이고
언덕을 넘지 못하고 주저앉으면 언덕에 지는 것이다
가야 할 길 멀고 먼데
바람에 지고 언덕을 오르지 못해 주저앉는다면
말없이 떠나라 이 세상에서 살 가치가 없으니 돌아
오지 못할 곳으로 가라

발문

세상 파도 속에서
'고고한 자유인'의 시

■ 세상 파도 속에서 '고고한 자유인'의 시

-김용길 (시인·문학평론가)

1

"사람의 얼굴은 하나의 풍경이다. 한 권의 책이다. 얼굴은 결코 거짓말을 하지 않는다."

프랑스 소설가 발자크가 한 말이다. 그래서 그런지 동서양을 막론하고 관상학이 발달되어 있다. 관상학은 얼굴을 통해 그 사람을, 그 사람의 마음을 '읽을 수 있다'는 전제에서 출발한다. 관상의 대가들은 사람의 얼굴만 보고도 그 사람의 성격은 물론 직업이며 생각, 사생활까지도 알아낸다고 한다.

"눈은 해와 달의 형상이니 광채가 있어 밝게 빛나야 하고, 코는 중앙의 산악이니 중후하고 우뚝 솟아 무게가 있어야 하며……."

필자는 관상에 대해서 아는 바 없으나, 가금현 시인의 얼굴을 보면 그의 남다른 성격과 배포가 서려 있음을 읽을 수 있다. 가금현 시인은 기상이 높고, 기개가 서려 있고, 기백이 넘치는 호남아의 풍모를 지니고 있다. 그는 직선적이고 추진력이 강한 사나이라는 것이 얼굴에 쓰여 있다.

그는 자주 웃고 쾌활하며 이 세상을 많이 사랑하는 사람이다. 자신의 자리를 알고 자신의 임무를 완수하는 사람이다. 세상을 탓하기보다 세상이 더 좋아질 수 있도록 만들어가는 사람이다.

이따금 시인과 마주 앉아 쇠주 한잔 기울일 때면, 그가 대지의 아름다움에 감사할 줄 알고 영감으로 가득 찬 삶을 살고 있으며, 축복이 가득한 추억을 가진 사람, 그래서 믿음이 가고 정겨운 사람이라는 것을 알게 된다.

이 시집『저 멀리 보이는 너』는 시인의 세 번째 시집이다. 이번 시집에는 친숙한, 어딘가에서 들어 본 적이 있는 듯한 작품들이 실려 있다. 시인은 평이하고 알기 쉬운 말투로 동시대를 사는 우리네 모습을 그려내고 있다. 자연과 방황, 사랑과 이별 등 친숙한 주제로 읊조린 작품에서 음식을 천천히 씹듯 시를 음미하는 기쁨은 얻을 수 있을 것이다.

자, 이제 시인의 시 세계로 들어가 보자.

2

열려야 할 문이 닫혔네
들어가야 할 문이 닫혔네

열고 나와야 할 문이 닫혔네
창문으로 고개만 빼 내밀지 말고
문을 열고 나오너라.

-<문을 열어라> 부분

인생이란 그 사람의 용기에 따라서 쉽게 풀릴 수도 있고 움츠러들 수도 있다.

가금현 시인은 문이 닫혀 있지만 '문을 열고 나오너라'라고 호통치고 있다. 안에 있는 사람이 누구인지는 모르지만 '창문으로 고개만 빼 내밀지 말고' 문을 열라고 외친다.

문을 밀면 삼월이다
오라고 하지 않았는데도
오는 길을 알려주지 않았는데도
삼월은 어김없이 제 길을 찾아 문 앞에 섰다.
문을 열지 않아도

-<오고 있다> 부분

'문을 밀면 삼월'이 다가와 있다. 계절은 기다리지 않아도 오는 법! 삼월은, 봄은 오라고 하지 않았는데도 '제 길을 찾아 문 앞에' 와 있다. 하지만 방안에 움츠려만 있는 이들은 그 봄을 맞이하고 즐길 수가 없다. 시인은 그런 사람들에게 단호하게 '바람에 지고 언덕을 오르지 못해 주저앉는다면/말없이 떠나라 이 세상에서 살 가치가 없으니 돌아오지 못할 곳으로 가라'고 일갈하기도 한다.

문을 열고 나온 시인은 갓 세상에 태어난 아이처럼 주변 사물이 새롭기만 하다. 어느 누구의 인생에도 대수롭지 않은 날이란 없다. 시인은 행장을 꾸려 들고 새로운 자연과 사람들을 만나기 위해 여행을 떠난다. 〈마도 앞바다〉, 〈가을에 만난 벌천포〉, 〈동해 한섬해변〉, 〈정선아리랑〉, 〈봉수산휴양림 떡갈나무에 불던 바람 소리〉, 〈나제통문을 지나다〉, 〈구름해수욕장 가는 길〉, 〈신두리 해변에서〉, 〈비 내리는 서울의 밤〉, 〈남대문 갈치조림집〉 등의 시들이 그가 여행을 하면서 쓴 시들이다.

꼬불꼬불 언덕길
구불구불 언덕길 오르고 내리다 보니
정선아리랑 발상지 남면이라
아리아리 아라리오 아리아리 아리랑 소리가 절로
난다.

이 길 열리기 전에야 이 길 어찌 넘었을까
이 산 아래 시집온 아낙네 몇 번이나 이 산을 넘었
으리
아리아리 아라리오 아리아리 아리랑 소리가 절로

난다.

-<정선 아리랑> 부분

발길이 정선 땅에 이르면 절로 흥이 난다. 터벅터벅… 예적에는 두메산골이었던 정선 골짜기를 걷는 사람의 모습이 절로 그려진다. 그 사람이 김삿갓인지 가시인인지… 두 사람의 모습이 클로즈업되기도 한다.

〈나제통문을 지나다〉는 가 시인 여행 시의 절창이라 할만하다.

무주 설천에
옛이야기가 전해지고 있을 것 같다.

기쁜 사연보다는
가슴을 아리는 사연을 담은
옛이야기가 전해지고 있을 것 같다.

나제통문(羅濟通門)을 지나며 가슴 저린 사연은
무엇일까를 생각한다.
통문을 감싸 안은 바위마저 고풍스럽고
그 위에 자란 소나무는 긴 사연을 알고 있을 것 같다.

나제통문을 지나며 옛이야기의 주인공이 되어보고
새로운 사연을 써보고 싶었다.

그 앞 나제가든 다슬기 해장국은 먹지 말았어야 할 이야기가 되었다.

-<나제통문을 지나다> 전문

나제통문을 지나간 옛사람들이 살아서 돌아오고 있는 것만 같다. 시골 풍경을 감상하면서 걷는 것만큼 영혼에 살을 찌우는 일은 없다. 멋진 경치는 한 곡의 음악과 같다. 그것은 적절한 박자로 감상되어야 한다.

전국을 두루 돌아다닌 시인의 발걸음은 서울로 향한다.

비가 내린다
마음을 달궈 찾아온 서울의 밤
우산도 없어 내리는 비만이 마음속 추억만 남길 터다.

-<비 내리는 서울의 밤> 부분

비는 내리고 〈남대문 갈치조림집〉에서 갈치조림으로 허기진 배를 채우고 쇠주 한잔을 걸쳤으리라.

3

영국의 사회학자 하버드 스펜서(Herbert Spencer)는 "사람은 삶이 두려워서 사회를 만들었고 죽음이 두려워서 종교를 만들었다"고 했다. 그런데 사랑은 무엇이 두려워서 만든 것일까? 고독이다. 죽음은 죽고 나면 알 수 없는 것이기에 사람들은 죽음보다 고독을 두려워한다. 사랑이 없는 삶은 죽음보다 독하다. 그래서 사람들은 사회를 만들어 살고 그 안에서 사랑을 나누며 산다.

심리학자 에리히 프롬(Erich Fromm)은 『사랑의 기술(The Art of Loving)』에서 "인간이란 근본적으로 고독한 존재이며, 그 같은 고독감 및 공허감을 극복하기 위해 서로 사랑을 하는 것이다."라고 설파했다. 사람이 사랑하지 않으면 종족을 유지하지 못하고 살아남을 수 없다. 또한 누군가를 사랑한다 함은 그 사람 속에 있는 진면목을 알아보는 것이다. 프롬은 사랑을 다음의 다섯 가지로 나누고 있는데 ①형제애 ②부모의 사랑 ③육체적 사랑(에로스) ④자기애(自己愛) ⑤신(神)에 대한 사랑이 그것이다. 이번 시집에서 가 시인은 사랑의 다채로운 풍경을 보여주고 있다.

네가 옆에 있기에
한 잔의 소주도 맛이 나고
네가 옆에 있기에
나는 큰 소리로 말할 수 있다.

네가 옆에 있기에

살아가는 길이 가시밭길이어도 걸을만하고
네가 옆에 있기에
나는 내 목소리를 낼 수 있다.
                    -<너를 보는 것만으로도> 부분

이 시는 아들에게 바치는 시인데 부성애를 느끼는
듯하면서도 아들에게 형제애와 같은 풋풋함을 보여
주고 있다.

달려갈 수도
이리 오라 할 수도 없이
저 멀리 있는 너를 본다.

지쳐 달려갈 수도
비워진 마음이라 오라 하지도 못한 채
한 해를 넘기며 바라만 본다.
                    -<저 멀리 보이는 너> 부분

이 시집의 표제작이기도 한 〈저 멀리 보이는 너〉는
'저 멀리 보이는 너는 너 일뿐이라'는 탄식을 담고 있
다. 사람은 누구나 나이를 먹건 안 먹건 에로스적인 사
랑에 휩싸일 때가 많다.

너의 젖가슴이 그리워

네가 잠들었을 곳으로 차를 몬다.

봄바람 속에 너의 무르익은 몸이 그리워
더 깊숙이 네가 잠든 곳으로 나를 밀어 넣는다.

　　　　　　　　　　　　-<정유년 봄바람> 부분

　그러나 열정과 애욕에 빠지는 사랑은 오래가지 못하는 법! 그래서 프롬은 '사랑에 빠지는 것(falling in love)과 '사랑 안에 머무는 것(standing in love)'을 구별했다. 프롬은 사람들이 사랑에 빠지는 데 너무 많은 에너지를 쏟는 현실을 안타까워하면서, 머물면서 굳건히 사랑하는 데 더욱 관심을 쏟아야 한다고 말한다. 여기서 프롬이 강조하는 것은 받는 사랑이 아니라 주는 사랑이다. 프롬이 말하는 사랑 안에 머물기라는 개념의 핵심에 프라그마가 있다. 프라그마가 배우자에게 사랑을 주는 것인 반면 아가페, 즉 이타적인 사랑은 훨씬 근본적이고 이상적인 사랑이었다.
　필자가 청춘의 시기를 보낼 때 명동에는 <다사랑> 다방이 있었다. '세상의 모든 여인을 다 사랑하리라'던 호기는 아가페적이지는 못했던 듯하다. 필자가 가 시인에게 그런 이야기를 했더니 그는 킬킬대고 웃었다. 누구에게나 그런 질풍노도의 시기는 있는 법이다.
　'청춘의 심장처럼 쾅쾅 두드리지 않더라도 살며시 스치면 되었지/꺾어 내 품 안에 안아야 되는 것은 아

니다.' 이렇게 노래하는 시인의 목소리는 성실하기조
차 하다. 괴테의 말을 인용하자면 "정신이 몽롱하고
가슴이 어지럽게 될 진데, 그 이상 무엇을 더 바라겠
는가! 사랑하지 않고 방황하지 않는 자, 그런 자는 아
무짝에도 쓸모없는 인간이다." 그래서 사랑의 절대적
가치는 인생을 가치 있게 만든다. 사랑이 당신 자신으
로 돌아가는 것을 이끈다. 그래서 바이런은 이런 말을
했던 것 같다.

"사랑은 타오르는 불길인 동시에 앞을 비추는 광명
이라야 한다. 타오르는 사랑은 흔하다. 그러나 불길이
꺼지면 무엇에 의지할 것인가. 사랑은 정신생활 면에
던지는 빛이 있어야 한다."

4

아침 눈을 뜨면서
걸어가야 할 길을 길게도 잡아 놓고
현관문을 열면서
채워야 할 가슴 넓게 비워 놓았다

채워야 할 공간 넓어야
채워야 할 사랑도 많은 것
텅텅 비워 놓고

당당하게 가보자 다가오는 사랑을 담아보자
　-<빈 가슴 채우지 못한 채 하루해 넘어간다> 부분

　사랑에 대한 갈망과 방랑의 여독으로 깊은 잠에 빠져 있던 시인은 새로운 아침을 맞는다. 당신이 잠자리에서 일어나든 안 일어나든 하루는 시작된다. 시인은 호기롭게 현관문을 열면서 아침을 맞이한다. '채워야 할 공간'을 비워놓고 당당하게 하루를 시작한다. 하지만 저녁이 생각보다 빠르게 다가온다. 이제 시인은 손자까지 둔 할아버지(외모는 아직 청춘이지만)다. 막내 공주가 놀려 대듯이 옆구리가 시린 나이가 되었다. 하루하루가 빈 가슴을 채우지 못한 채 마무리되는 쓸쓸함을 느낀다. 봄이 가고 여름이 오고 가을이 가고 겨울이 오고 있는가.

　눈이 내리는 날이면
　떠오르는 얼굴 하나
　눈이 내리면
　저 멀리에 있어도 금방 달려와
　마주 보고 있을 것 같은 얼굴 하나
　눈이 내리는 날이면
　나는 또 나이를 잊는다.
　　　　　　　-<잊어야 하는데> 부분

누군가 첫눈이 내려도 가슴이 떨리지 않는 것은 늙어간다는 징조라 했다. 하지만 시인에게는 '지워져야 할 얼굴인데/자꾸만 떠오르는' 얼굴이 있다. 그렇다. 아프리카 속담에 "누구든지 전에는 젊었을 때가 있지만 누구나 전부터 나이가 든 것은 아니다"라는 말이 있다.

　　빛이 바래 버렸다
　　훔치고 싶을 정도로
　　피어난 붉은 입술이었는데
　　희끗희끗 붉은 입술에 드리워진 검버섯
　　너에게 묻는다
　　너를 뜨겁게 달구던 사랑의 열정
　　몇 번이나 있었는가? 라고.
　　　　　　　　　　　　　　　-<꽃에 묻다> 전문

　하지만 어쩌랴. 이 대목에서는 인생의 무상함을 느끼지 않을 수가 없다. 첫사랑의 여인을 30여 년 만에 만났을 때 그 뽀얀 천사성은 사라져 버리고 동네 아줌마로 변해버린, 그녀의 능글맞은 웃음을 우리는 만나야 한다. 시인은 손자가 태어나면서 '세상을 향해 터트린 첫 울음소리'를 듣고 '똘망똘망/두 눈동자 반짝이며 세상 모두가 신기한 듯' 바라보는 녀석을 신기한 듯 바라보는 할아버지인 것이다.

달려오겠다는 친구는 손님이 온대서

만났으면 하는 친구는 피곤이 눈꺼풀을 누르고 있
어서

사랑하고 싶은 친구는 농사일이 바쁘대서

술 취하게 하는 친구는 간판을 갈아야 한대서 못
온다.

너희들이 오지 못한다고 내 마시지 못하리

해 다 가면 다가오는 친구들과 함께 흠뻑 취하리라

해 다 가기 전에 한잔의 술이 그리워 불러보았건만

이 핑계 저 핑계에 가슴으로만 취하는구나.

<한잔 술이 그리워서가 아니라> 전문

행복한 사람은 자부심이 강하며 고독을 즐기고 다른 사람과 기꺼이 어울리지만, 다른 사람에게 의지하지는 않는다. '한잔 술이 그리워서가 아니라' 사람은 성실할수록 자신감을 얻게 된다. 성실할수록 태도가 안정되어 간다. 성실할수록 정신을 자각하게 된다. 성실할 때에만 자기가 엄연히 이 세상에서 존재하고 있다고 생각을 갖게 된다.

가금현 시인이 그런 사람이다. 필자는 시인이 주변 사람들을 계속해서 놀라게 만드는 '번갯불' 같은 존재가 되기를 기원한다.

꽝!

한 줄기 불빛이 하늘을 가르고 땅 위에 대각선으로
그어져 비춰졌다

보이지 않던 작은 것까지 눈에 선명하게 들어오고
구석구석 웅크리고 있던 개미들의 구부정한 등마저
눈에 들어왔다

갑자기 나타난 이 빛은 무슨 빛이기에 세상을 밝게
비춰 여린 가슴을 철렁 내려 앉게 하는가

-<번갯불> 부분